リスからアリへの手紙

Brieven aan niemand anders

トーン・テレヘン　柳瀬尚紀＝訳

Toon Tellegen

河出書房新社

リスからアリへの手紙

カタツムリ君へ
ぼくにダンスをさせてくれませんか。
場所はどこでもいいな、きみの小さなお家《うち》でもいいです。
ちょっとステップをふむだけでいいんだ。
ぜひぜひお願いします。
そっとそっと踊るから、
お家の屋根を突きぬけたりしません。
約束します。
でも、そんなことは約束するまでもないよね。

象より

象さんへ
お手紙ありがとう。
そのうちに、喜んでぼくの殻《から》の上で
ダンスをしていただこうと思います。
きっとそうします。
ぼくもダンスがかなりうまいんだ。
でも今は、あいにく、
ちょっと都合がつきません。

カタツムリより

ある冬の日、リス君がアリさんに手紙を書きました。

アリさんへ
アリさんへ　アリさんへ　アリさんへ　アリさんへ
アリさんへ　アリさんへ　アリさんへ
アリさんへ
アリさんへ　アリさんへ　アリさんへ
アリさんへ
アリさんへ
アリさんへ
アリさんへ

リスより

へんちくりんな手紙ですし、リス君も、どうしてこんな手紙を書いたのかわかりません。でもリス君は、手紙に外套《がいとう》を着せて、帽子をかぶらせました。寒いからです。

そして道順をおしえて、玄関を開けてやりました。

手紙は、そろりそろりと外へ出て、ブナの木を降りて行き、雪降る中を進み、アリさんの家の窓をそーっと叩《たた》きました。

「どなた？」と、アリさんが聞きます。

「手紙と申します」と、手紙が答えます。

「手紙さん？」と、アリさんはびっくり仰天《ぎょうてん》。

アリさんは玄関を開けました。

「ぼくはあなた様宛《あて》の手紙です」と、手紙が言います。

そしてちょっとおじぎをしてから、帽子を取ります。

アリさんは手紙をしげしげと見つめてから、そーっと封《ふう》を開きます。

「じゃあ、読むわね」と、アリさんは言いました。

「よろしく」と、手紙は言います。

アリさんは読み終えると、両手をこすりこすり言いました。

「さあ掛けて、手紙さん、掛けてちょうだい。何を召し上がる？」

「さあ……」と、手紙はためらいます。「何にしよう」

「甘いものは？」と、アリさんが聞きます。

「それはいい！」と、手紙は大喜び。

アリさんは羽根ペンをつかむと、手紙の上の端《はし》へ甘いものの名を書きとめ、それからちょっと考えて、下の端へ熱いものの名を書きとめます。アリさん自身は、蜜《みつ》をなめました。

手紙は喜びにぱりぱり音をたて、四《よ》隅《すみ》がしゃきっとしました。

アリさんと手紙はなおも長いこといっしょに過しました。ときどき、アリさんが立ちあがっては手紙の端に何か書きとめます。

夜になったので、手紙はアリさんにいとまごいをしました。雪が降っています。ゆっくりと雪降る中をブナの木まで引き返し、急いで上へのぼって、リス君の家へ滑《すべ》りこみます。

「やあ！」と、リス君。「お帰り」

「ただいま」と、手紙は言い、かがみこんでくるリス君に、アリさんの家でのことを残らず話し、おしまいに、アリさんがリス君のことをどう思っているかも伝えました。

「それで？」と、リス君。

「読んで！」と、手紙。

リス君は読みます。そして読み終えると、手紙を自分の耳もとに置いてもいいかと聞きました。

手紙は、いいよと言います。

外は、吹雪《ふぶき》になってきました。リス君の家はみしみし音をたて、舞う雪はぐんぐん大きくなります。あたりは一面、見る見るうちに真っ白になります。

けれどもそんなことを、リス君も手紙も知りません。どちらもぐっすり眠っていて、甘い言葉と甘いインクの夢を見ていました。

リスさんへ

あたしはこれから出かけて、もうぜったい帰って来ません。

あなたはきっとこう思うでしょうね。どうせまた、
いつものせりふだなって。

でも、今度こそ本当！

あたしはもうぜったい帰って来ません。

もしあなたがここにいたら、こうして手紙をしたためるのを見てもらえるのですけれど。

一大決心。

そういう言い方がありますね。

一大決心で、知らせておきます、
あたしは出かけて、もうぜったい帰って来ません。

決心を固めたのです。
この手紙を書き終えたら出かけます。
あなたがこれを読んでいるときには、もうずっと遠くにいるでしょう。
もし何かお餞別《せんべつ》のようなものをくれるなら、
今、下さい。あとからでは、遅すぎることになります。
たとえば、蜜なんか。たとえ大きな壺《つぼ》でなくとも、
かまわないわ。大きな壺だと運べませんから。
ただしクリーム蜜なら、大きな壺のがいいな。
小さなふたつに分けられるから。
それともカルメラのつまった蜜、それでもいいわ。
とにかく甘いものがいいの。
出かける前に取りに寄ってみます。
もしかさばるようでも、ぜんぜん困りません。
ちょうどいい小ささになるように

食べればいいですから。
小さすぎるほうが困ります。
さあ、どうします？
でもそのあと、リスさん、ともかくそのあと、
あたしはやっぱり出かけます。
ではのちほど。

アリより

夏の初めのある日、風に吹かれてリス君の家の扉の下へ短い便りが舞いこみました。

リス君へ
きみの家へ行くところです。
でも道に迷っちゃった。

象より

リス君は何度も文面《ぶんめん》を読み、じっくりじっくり考えて、それから手紙を書きました。

象君へ
どこで迷ってるんだい？

リスより

妙ちきりんな質問だなあ、と、リス君は自分で思いました。でもそれ以上いい文句が思いつかないので、その手紙を送りました。

すこしたってから返事が届きました。

リス君へ

木の中。

象より

読み終って、リス君が窓から眺《なが》めると、象君が柏《かしわ》の木のてっぺんでぐらりぐらりゆれているではありませんか。リス君は急いで一筆《いっぴつ》したためます。

象君へ

待ってて、行くから。

リスより

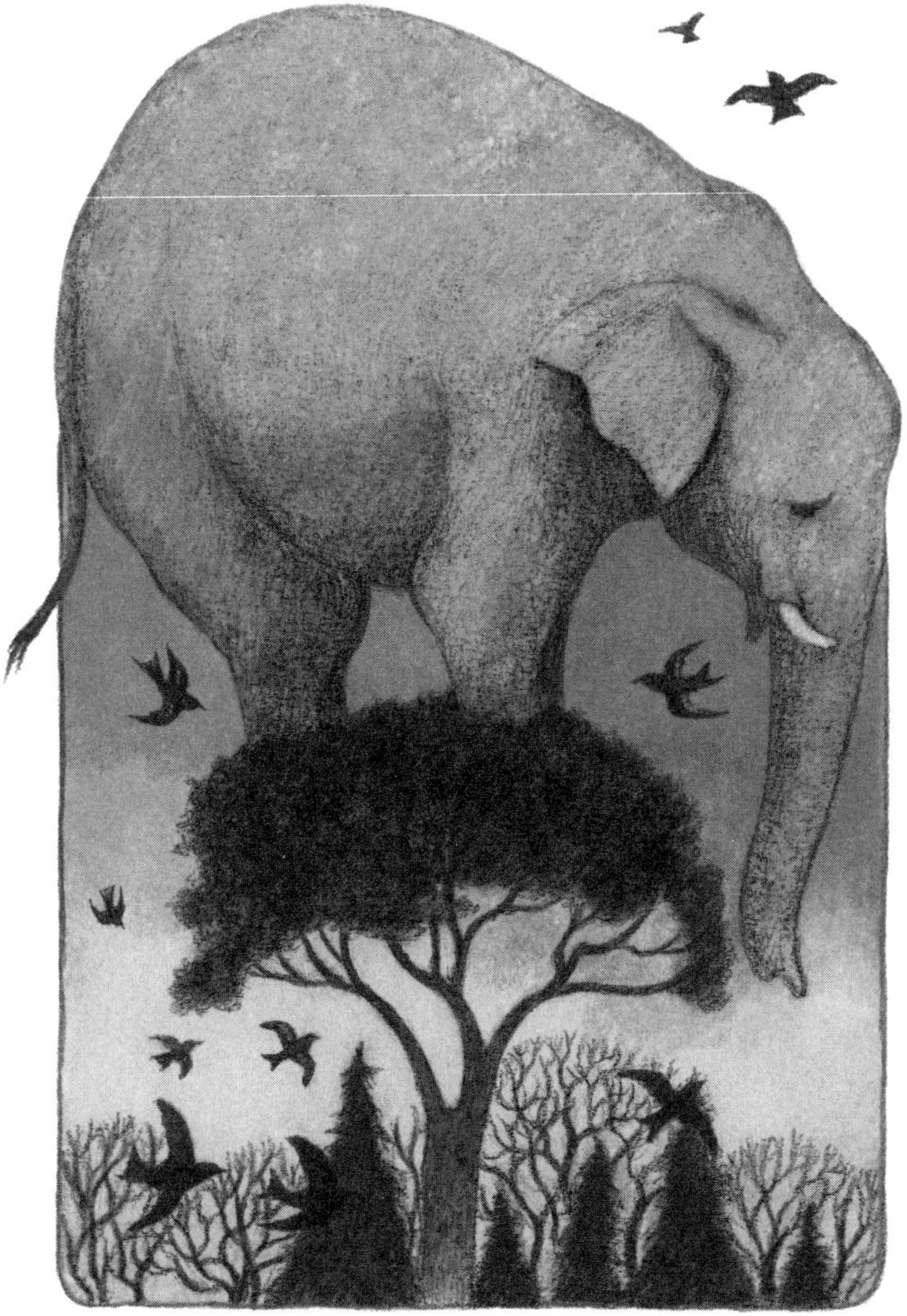

　ところが象君は、その手紙をちらりと見たときには、もう柏の木の半分まで降りて来ていて、それを読む間もなく、どっすーんと地べたに落っこちてしまいました。すこしたってから象君は目を開けて、でかしたこぶを鼻でかぞえました。ひとつ、八つ、百。落っこちたせいで目が回っているので、ちゃんとかぞえられません。

　リス君が象君にかがみこみます。

「きみの家へ行くとこだったんだ」と、象君がつぶやきます。

「うん」と、リス君。そう言って、草むらに象君と並んで腰をおろします。

「お願いだけど……」と、うめき声で象君。「ぼくと踊ってくれる？」

　リス君は黙っています。

「踊りたくない？」と、象君は言い、顔を地べたにうずめました。

「ううん」と、リス君。「踊りたいさ」そろりそろりと、リス君は象君を起きあがらせます。

　リス君と象君はたがいに腰に手を回して、踊り始めました。

ダンスというより、バランスをとっているだけ。なにしろ象君は足を持ちあげることができません。それでも象君はとても楽しくなって、ときどきうれしそうな声をあげました。「うぉー！」

テーブルに向かって、リス君は手紙を書きたくなりました。でも、誰に書いていいものやら。

君へ

と、ひとまず書きます。それからとっくり考えて、羽根ペンをおきました。風がふんわりと吹いています。窓が開いていて、真っ白く真《ま》っ新《さら》な便箋《びんせん》がじれったげにかさかさ音をたてます。「うんうん、手紙君」と、リス君は考えます。「ちゃんと誰か見つけてあげるからね」

リス君は眉《まゆ》をひそめ、ふっと自《じ》問《もん》します。「手紙を手紙に出すことはできないかなあ」

妙ちきりんな思いつきです。眠りながら自分の肩をたたいて、こう言うようなものです。「リス君、眠っちゃだめだぞ……」

考えが軋《きし》みあい、ぶつかりあいます。

「アリさんのまねをして」と、リス君は考えました。「宛先《あてさき》は誰でもいいことにしよう。雨にでも熱波《ねつぱ》にでも夜にでも」

ふたたび羽根ペンを手に、リス君は書きだします。

お手紙君へ
ぼくはリスです。でもそんなこと、きみはもう知ってるね。
きみに向かって書くってとっても妙ちきりん、
だってきみは一行一行大きくなるんだもの。
そしてぼくがまた書き始めると、
きみはまた急に小さくなる。
だからぼくは、きみが正確にどんなふうなのか
知ることができないんだ。

それにまた、「正確に」ってなんだろうか。

　リス君は、ふっと書く手をとめます。「ずいぶんおかしな手紙だな」と、思いました。リス君は目をつむります。「どういうふうに送ったらいい？　それに手紙君はどんなふうにして自分を読む？　たたんで？　それともぺたんこになって？　それに返事。手紙が返事を出せるかなあ？」

　頭の中のごちゃごちゃが、ますますひどくなります。まるで誰かが重たい箱を頭の中の端から端へひきずっているみたいに。

　急いで、リス君は手紙の末尾《まつび》に名前を書きます。

　風がだんだん強くなりました。すると突然、手紙宛の手紙は宙に舞いあがり、くるくるくるくる円《えん》を描き、そしてパーンと破裂したのです。

　大爆発というのではありませんが、それでもリス君は、椅子やら何やらもろとも、どーんとでんぐり返ってしまいました。

　何百という紙吹雪《かみふぶき》が渦巻《うずま》きながら降ってきて、リス君の肩や背中に、テーブルや床《ゆか》に、ひらひら落ちてきます。どこもかしこも紙吹雪。一切れ一切れがとても小さいので、小さな文字もおさまりきれません。

リス君は首をふりふり、思いました。「ぼくが悪かったんだ」風は静かになっています。

「風のせいで怒ってしまったのかなあ？」と、リス君は自問します。「それとも初めて手紙をもらって喜びにはちきれちゃったのかな？」

リス君は起きあがり、紙吹雪を踏みつけないように気をつけながら、部屋を行ったり来たりします。

「こんにちは、手紙君」と、リス君は小《こ》声《ごえ》で言います。

紙吹雪たちはぶるぶるっとふるえて、かすかに動きだしました。リス君は一瞬、そのまとまりがこう言っていると思いました。「こんにちは、リス君」

「でも、そんなことありえないや」と、リス君はつぶやきます。「ぜったいありえないことって、あるんだから」きっとそうなのです。

リス君へ

きみの誕生会にはきっとでっかいケーキがあるよね。

一度、ぼくがひとりでぺろっと平らげられないだろうか。

なるべくなら、蜂蜜《はちみつ》ケーキがいいな。

みんなに見せてあげる。

むしゃむしゃっと平らげてしまうから、みんな目を丸くするさ。

みんなで拍手喝采《はくしゅかっさい》して大喜びするよ、約束する。

そのあとは、ふつうにつづけるといい。

(おめでとうと言いあう、プレゼントを開く、ダンスする、じゃまたねと言いあう、とてもすてきだったと言う、次の誕生日は誰だいって聞く、などなど)

ほんと、お願いだ、リス君。

熊より

熊君へ

了解。でもそれなら、ぼくはケーキをふたつ作るよ。

リスより

リス君へ

手紙ありがとう。でも悪く思わないでくれよ、
もし、みんなが拍手喝采して歓声をはりあげているうちに、
ぼくが勢いにのって、もうひとつのケーキもぺろりと平らげちゃってもね？
みんなそれはもう感嘆しきって喜んで跳びはねるだろうな、
まちがいなしさ。
そしてやっぱり、カアカア、チュンチュン、ピーピーの大騒ぎ……
ぜったいに忘れられない誕生会になるだろう。
そしてきみがケーキを三つ作ってくれたらなあ！

きっと作ってくれるよね、リス君、
三つのでっかいケーキさ。
そして蜜入りなら、四つだろ。

熊より

「手紙？　あたしが？　一度ももらったことないもの」と、モグラちゃんは思いました。「一度もないわ」

不公平だという気持に駆《か》られて、モグラちゃんは暗い地面にトンネルを掘り始めます。

「ほんのあいさつもない」と、モグラちゃんは考えました。「砂《さ》漠《ばく》の下へ招待してくれるとか。氷河《ひょうが》の下とか。一度もないじゃない」

癪《しゃく》にさわって、モグラちゃんは地べたをノックしてみます。

でも、なんの応答もありません。

「あたしに手紙を書きたいっていうひとが、ひとりもいないなんて」と、考えます。

「だからあたしがそのひとになるわ」

そうして、地面の下に深く潜《もぐ》りこんで、暗がりの中、次から次へと自分に手紙を書き始めます。

モグラちゃんへ
近いうちに。敬具

モグラより

あるいは

モグラちゃんへ
あなたが来なくてさびしい。

モグラより

手紙を書き終えるたびに、モグラちゃんはそれを泥の中へうずめて、しばらくたってからでたらめに取り出しては、読むのでした。ときどき、目に涙の浮かぶのが見えます。

「ありがとう、モグラちゃん」と、モグラちゃんはそんなときに思います。

あるいはまた、「あなたも、あたしが来なくてさびしいのね、モグラちゃん」

あるいはまた、「あなたはいつだって歓迎よ、モグラちゃん、いつだって」

ときどき、モグラちゃんはそんな手紙の書き手たちみんなと浮かれはしゃぎをします。そんなときには、トンネルの端っこから端っこまで、とっても薄暗い部屋のすみからすみまで、走り回るのです。

ダンスもします。「でもあたしはほんとに幸せ？」と、モグラちゃんは自分とダンスをしながら自問します。

浮かれはしゃぎが終ってから、モグラちゃんは部屋のすみっこに座って、自分宛にこんな手紙を書きました。

　ぜひ旅に出なさい、
　モグラちゃん。

モグラちゃんは頭を左右にふりふり、出発しました。行先は上のほう。不思議な空気の中。モグラちゃんは息を殺して、最初の光が地面から射しこんで来るのを見ながら、そろりそろりとのぼって行きます。

その晩、思いがけなくリス君の家の前を通りました。いっしょにブラック・ティーを飲みながら、モグラちゃんはリス君に、地面のずっと下での浮かれはしゃぎのことを話します。盛大な浮かれはしゃぎ、ちらりとも光のない暗い浮かれはしゃぎのことです。リス君は頭を左右にふりふり、びっくりした様子。モグラちゃんはスプーンをカップの中で回しながら、このまま時間が永久に止まってくれたらいいのにと願いました。

ある朝、目がさめると、亀さんは自分が急いでいるのに気づいてとても怖くなりました。

「よして！」と、亀さんは叫びます。ところがどうすることもできないうちに、もう道をとっとことっとこ。大急ぎに這《は》って歩いて、お昼になるころには、もうずいぶん遠くまで来ていました。

　亀さんは悲しくなり、泣きじゃくり、自分にお説教をしたりもしましたが、どうにもなりません。とにかく急いでいるのです。どうしたらよいかわからず、亀さんはカタツムリ君に手紙を書きました。

　カタツムリさま
　とても悲しいことに、わたしは急いでいます。

どうしたらいいでしょうか。大至急！

亀より

日の暮れかけたころ、のったりのったりした念入《ねんい》りな手紙が、亀さんの目の前に渦巻きながら現れました。

亀さんへ

なんとも悲劇に見舞われたものですなあ。
実に痛ましいことです、せかせかせっかちとは。
それをぐっとこらえて、ぐいっと抑えつけて、ぎゅっと丸めてしまうのです、
それがほんの取るに足らないちっぽけな球《たま》になるまで。
次にはそれを地面に埋めます。
その上でじっとしていること。
あなたやぼくが落ちつきをなくしたら

どうなります？

カタツムリより

亀さんはできるだけ落ちついて、せっかちせかせかを丸めにかかります。夜遅くそれを終えました。

亀さんは、取るに足らない、しかしずっと落ちつかない球を、地面に埋めます。「なるほど」と、亀さんは思いました。「これでもう急がなくなったわ」

その夜、亀さんはその場所から動きませんでした。じっと目を閉じて、ため息もつきません。「やれやれ」という思いしか浮かびません。

翌朝、亀さんは心静かにコナラの木の下の家まで戻りました。

「心の底から、カタツムリさんに感謝しなくては」と、亀さんはつぶやきます。「でもあまり急ぐことないわ。しばらくたってからじゃなくちゃ」

そして落ちついて心穏やかに、亀さんは自分が急いでいた日のことを忘れてしまいました。

リス君が、冬の朝、手紙を受けとりました。

それは真っ黒な手紙でした。こんな手紙は一度も見たことがありません。

リス君は眉をひそめて読みます。


　これは暗い便りです。

　もう何もかもうまくいかない。


リス君にはこれしか読み取ることができませんでした。手紙の下に差出人の名前もありません。そればかりか、リス君に宛てたことを示す受取人の名前すらないのです。

リス君は椅子に座って考えます。風が配達先を間違えたのでないことだけは確かです。

リス君は、何度も何度も手紙を読み直しました。でも、読めば読むほど、意味がわからなくなってきます。

そこでリス君は、ぶ厚いコートを身にまとって、アリさんのところへ向かいました。

雪が降っています。森は一面凍《こお》りついていて、歩くとミシミシと音をたてます。寒さに震えながら、リス君はアリさんの家の戸口をノックして、手紙を見せます。

「ほんと」と、アリさん。「暗ーい便りね」

「《もう何もかもうまくいかない》ってどういう意味だろう」と、リス君は尋ねます。

「《もう何もかもうまくいかない》……」と、アリさんは思案顔《しあんがお》です。「ええとねえ……」

アリさんは、どうにかしてリス君に、この《もう何もかもうまくいかない》の意味を説明しようとしますが、いつの間にか、長ったらしい混みいった話に迷いこんでしまい、ようやく説明が終ったときには、リス君は、かえって背中に、もうけっして降ろすことのできない重い石を背負いこんでしまったような気持になっていました。それでも《もう何もかもうまくいかない》の意味は、相変らずわかりません。

「何か甘いものでも飲みましょ」と、アリさんが言います。「手遅れにならないうち

に」

「手遅れにならないうちに?!」と、リス君が驚いて聞きます。アリさんの言うことがわからないからです。

「そうよ」と、アリさん。「よく、そう言うじゃない」

「そうか」と、リス君。

両方とも口をつぐんだまま、甘いものを飲みます。

風が木立の中でうなり声をあげています。

日が暮れたので、アリさんが言います。

「そろそろ帰らなくちゃ、リスさん」

「うん」と、リス君は答えました。

　リス君は薄暗い森の中を抜けて行きます。「家へ帰るんだ、手遅れにならないうちに」と、リス君は思います。妙ちきりんで暗い考えです。膝《ひざ》ががくがくふるえます。

「膝ががくがくふるえてるな、手遅れにならないうちに」と、リス君はつぶやきました。

その晩、リス君は窓辺に何時間も座っていました。「今ぼくは、どうにも辛くってしかたない」夜の闇《やみ》をじっと見つめながら、リス君は物思いにふけっています。そうするうちに、夜もふけて、一陣《いちじん》の風がいきなり玄関を開けると、一通の手紙を中へ押し入れました。凍りついて雪におおわれた封筒に入っています。

リス君は雪を払い落として、封を切り、読みます。

これはうれしい便りです。

やっと、何もかもうまくいく。

びっくり仰天の手紙です。そこでリス君はテーブルによじのぼって、ひとりごとを言いました。「さあ、ぼくは象君だぞ！」そしてランプにぶら下がってぐらりぐらり。しまいには落っこちて、落っこちながら何もかもひっかけてしまいます。次々とこわれるたびに、リス君は叫びました。「なあに、たいしたことじゃない！」

リス君へ
もしきみが賛成なら、ぼくはちょっと演説をしたいんだ、
きみの誕生会の日にね。
実は、発見をしたのさ、
いわゆる平衡《へいこう》ということを。
もう耳にしてるかい？
平衡、いっぱんにはそう呼ばれている。
みんなおおいに興味をもつと思うよ。
今もぼくは、ブナの木のてっぺんから、演説をしているんだ。
目の下の地上にいるみんなに向かってね。
（そんなに長くはかからないから）

象より

象君へ
いいとも。でも演説なら、
椅子の上でやったほうがいいと思うよ。
きみのために、特製の椅子を作ったから。
そいつをテーブルの端っこに置いとくよ。
そうでもしないと、
きみの演説を聴けない動物もでてくるからね。
そんなことになったら残念じゃないか。

リスより

リス君へ
いやいや。ぼくの演説は、
ブナの木のてっぺんでしなくちゃいけないんだ。

ぼくは論題《ろんだい》の実例を示したいんだな。
よく言うじゃないか、
テーブル上の空論《くうろん》ってさ。
でもぼくは約束する、大きな声で叫んで
できるだけ前へかがみこんでみせるよ。
もしきみがぼくの下にいるものたちに
よく注意してくれれば
みんなぼくの論題がわかってくれるだろう。
ねえ、リス君、この平衡ってのはすっごく面白いんだぜ！

象より

動物の皆さんへ
今日、誰か誕生日のお祝いをするひといる？
もし誰もいないのなら
誕生日の前祝いをしようなんて思うひといる？
そんなひともいないのなら
誰か別のお祝いをして、
ケーキやお菓子で
ぼくを呼ぼうなんて考えてくれるひとは？
そんなひとさえいないのなら、
ただケーキを作ろうとしているひとはいない？
（もちろん、蜂蜜ケーキさ。
クリームと甘いゼリーと水飴《みずあめ》をたっぷりのせた）

そうしてケーキを食べにおいでと、
誰かぼくを招待してくれない？
でもそんなひとが誰もいないなら、
どうしたらいいんだ……？
《どん底に陥《おちい》る》っていう言葉を知ってる？
ぼくの今の状態がそれ。
助けてよ。

熊より

その日の午後は、皆が皆、誕生日の前祝いをしたり、別のお祝いをしたり、ただケーキを作ったりしていました。熊君はあっちへ走りこっちへ走り、とうとうくたくたに疲れてしまい、息を切らせてふうふういいながら、柳《やなぎ》の木の下で大の字になります。
そして夕陽の照らす中、とろりとろりと深い眠りに入っていきます。

森のはずれ、バラの木の下に隠れた小さな家に、アリマキ君が住んでいました。アリマキ君は恥ずかしがっていました。何が恥ずかしいのかわかりませんが、おぼえているかぎり昔から、いつも恥ずかしがっているのです。

朝、目がさめると、ベッドにいるのが自分、つまりアリマキ君なんだと思って、顔が赤くなるのです。それから起きあがると、アリマキ君は言います。「すみません」すべてにアリマキ君はすまながるのです。一歩《いっぽ》歩くたびに、何か考えが頭をよぎるたびに、ほんの一瞬でも何か願いを抱《いだ》くたびに。アリマキ君は、玄関も窓もしっかり閉めきっていました。もし誰かが中をのぞいてぼくを見たら、どう思うだろう。どうせよく思うもんか！

ある朝、閉めきった窓のかげにいると、誰かのやって来る足音が聞こえました。リス君です。

「おや、そうか」と、リス君は思いました。「ここはアリマキ君の家だな」

のぞいてみましたが、何も見えません。

「いつかは訪ねてみなくちゃ」と、リス君は思います。「でも今はまずい。びっくりするだろうから」

「アリマキ君！」と、リス君は声をかけます。「ぼくだよ。リスだ。あした、きみんとこへ来ていいかい？」

ちょっと待ちますが、返事はありません。

「どう、あしたの朝？」そう言って、リス君は道を引き返します。

アリマキ君は、暗がりの中でぶるぶるふるえました。うちへ来るだって、このぼくんとこへ。こんなに恥ずかしいことは、これまでなかったのです。「すみません！」と、アリマキ君は叫びましたが、リス君はもう遠くへ行っていて聞こえません。

その日の午後、アリマキ君は手紙をしたためました。

リス君へ

来ないで。たのむよ、たのむから。

アリマキより

その手紙を壁の穴から送って、アリマキ君は思いました。「ひどい手紙だと思うだろうな。むりもないや」

数時間後、返事が届きました。

アリマキ君へ

了解。行かない。でもきみに何か贈りものをしたいんだ。

もうじききみの誕生日だろ。

何を贈ったら喜んでくれる？

リスより

アリマキ君は部屋のすみっこの椅子の下へ行って、座りました。頭の毛をくしゃくしゃにして、気まずさに顔を赤くしつつ、アリマキ君は手紙を読みかえします。

「ぼくのことをかわったやつと思ってないらしいや」と、アリマキ君は推測《すいそく》しました。でもそれから、こう思います。「そうだ、リス君はぼくに会ったことないもんな。ぼくが贈りものをほしがるにきまってる、と考えたんだ。どうしても贈りものをしたいんだ。それができないと、きっとぼくの家の前へ来て、大声で叫ぶだろう。『恥ずかしくないだろ？　恥ずかしくないだろ？』って。ぼくがちぢこまって、まいってしまうまで」

その夜、アリマキ君は薄暗い部屋を何度も何度も行ったり来たりしました。「今のままのぼくでいるってことは、とってもたいへんだなあ」と、アリマキ君は思います。ずいぶん夜がふけてから、やっとアリマキ君はリス君に返事を書きました。

リス君へ
蜜の香りがほしいな。
香りだけだよ。

アリマキより

翌朝、アリマキ君は早くに目をさまし、いつもの朝と同じく、もう恥ずかしい気持になりかけています。するとそのとき、蜜の香りが煖炉《だんろ》からくるくる舞いながらただよってきました。

アリマキ君は顔が赤くなり、恥ずかしい気持でいっぱいになっていきます。でもそれは、日ごろ感じる恥ずかしさとはちがう恥ずかしさなのです。「へんだなあ」と、アリマキ君は考えます。「恥ずかしい気持みたいになってしまうのは、なんなのだろう」目を閉じて、蜜の香りをそっとそっと吸いこみながら、アリマキ君は驚いて自分のことを考えました。

リス君は、ブナの木の高いところにある自宅にいました。雨が降っていて、冬です。風がヒューヒュー吹いて窓をたたき、アリさんは旅に出ています。

テーブルに両肘《りょうひじ》をついて、リス君は深いため息をもらすと、とくに何を言うつもりもなく声が出ました。「うん、うん……」

テーブルがギーッと音をたてました。小さな取るに足らない音でしたが、それでもテーブルが何か返事をしたがっているらしいのです。リス君にはわかりました。「そうか、うん……」いつもは黙っているテーブルが、のろのろと、ためらいためらい、しゃべりだしたのです。

「実際、ぼくはテーブルのことを考えてやったことは一度もないや」と、リス君は思います。「話しかけたこともないし、旅に連れて行ったこともないし、誕生会をしてやったこともないし、贈りものをしたこともないし、何か食べたいって聞いたこともない。テーブルはここにいて、ただそれだけ」

リス君はため息をつきます。「だけど、何かしてやらなくっちゃな」と、思いました。「でも、何を？」

とっくり考えこんでから、リス君はテーブルに手紙を書くことにしました。

リス君は白樺《しらかば》の皮を一枚手に取り、それをテーブルの上へのせて、書き始めます。

　テーブルさんへ

　きみに何をしてあげたらいい？

リス君は羽根ペンをおきました。「もっと書くことあるかなあ」と、リス君は考えこみます。「何かお話でもしてあげられたらいいんだけど。でも、ぼくの思うに、テーブルはぼくの知ってることはぜんぶ知ってるさ」

なおもとっくり考えこみますが、ほかに書くことは思いつかないので、リス君は手紙の終りに大文字で自分の名前を書きました。

「きみのために」と、リス君は言います。そして、手紙をテーブルのまんなかへ押しやりました。

そのとたんです。ヒューッと突風《とっぷう》が窓を大きく開け放つや、さっと手紙をかっさらい、ガッターンとテーブルをひっくり返して、そのまま数回バウンドさせ、バッシャーンとすさまじい音もろとも窓を閉めて去りました。

リス君は、椅子にくぎづけになったまま、ただただ呆然《ぼうぜん》、しっぽの先の毛までわなわなふるえていました。テーブルは部屋のすみっこで横倒《よこだお》しになっています。手紙は消え失《う》せていました。

まもなく、リス君は立ちあがり、テーブルをもとのようにします。引出しが床に落ちていて、リス君は、中に四隅のしゃんとなった手紙があるのに気づきました。見たことのない手紙です。リス君はそれを開いて、読みます。

リスさんへ
あたし、ころんだんじゃないのよ、
踊ったの。

あなたのために。
あなたがあたしのことを思ってくれたから。
これ以上、何もしてくれなくていいわ。

テーブルより

リス君は、テーブルがどんなふうにしてこの手紙をしたためたのだろう、と、自問したりはしません。ただ、頭を両腕《りょううで》にのっけて、そのままテーブルにもたれかかり、そうしてうとうと寝入りました。

スズメちゃんへ
雨降りなので、おしゃべりしていいかしら？
この雨はぜったいにやまないでしょう。
いつまでもいつまでも降ります。
日にちを言ってごらん、スズメちゃん、
できるだけ遠くの日にち。
その日も、またまた雨降りでしょう。
そして次の日も同じ。
わたしは知ってるの。
今までは、お日さまが結局は
かならず姿を見せてくれました。
でも今日からは、それもおしまい。

もうお日さまを見られないのよ、スズメちゃん。
あなたの埃《ほこり》のお風呂も、やはりおしまい。
どこもかしこも泥ばかりになります。ぬかるみに。
気をつけてよ。
あなたも知ってるでしょ、なぐりつけるような雨って？
そんなふうになりそうなのよ、この雨はね、
スズメちゃん、なぐりつけるような雨になる。
あそこに聞こえるのは何かしら？
ざあざあ、ざあざあ？
ああ、そうよ。雨がもう
お日さまのせいだってなぐりつけてる。
お日さまは消えるところよ、
雲のかげに。
このざあざあ、ざあざあ。ほんとだってば、スズメちゃん。

気をつけてよ、もうじき
まんまるいびしょぬれのものが地面に落っこちてくだけるから。
それがあなたのずぶぬれ頭に落っこちてこないように気をつけてね。
あなたったら、相変らずのんきにチュンチュンさえずって。
まるですべて当然だっていうみたいに！

カラスより

カラスさん
手紙うけとりました。ありがとう！
まずは乾《かわ》かして、それから読みました。
すっごく面白い！
いつもうれしくなってしまうお便りだもんな。
それにしてもぼくがうれしくなって
ピーチクやったくらいで、おこらないでよ。

知ってるかい、ぼくは頭をあげると、カラスさんが見えるんだよ？
柏の木のいちばん低い枝にとまってるのがさ。
羽は、お日さまに照らされてぴかぴか光ってる。
カアカア声は、すっごく美しい。
悲しげなんだけど、とっても美しい声だもんな。

スズメより

リスさんへ

今日は、わたしの回想を書きたいと思います。

アリの回想録です。

わたしのいちばん初めの思い出は、蜜です。

わたしはボートをこいで蜜の上を進んで行きます。

アリさんは羽根ペンをおいて、つぶやきました。「へんだこと、これしか思い出せないなんて」アリさんはちょっと考えこみ、それでも先を書きつづけることにします。

「ちゃんと思い出せるかやってみなくちゃ」

わたしが砂糖の岸辺《きしべ》のちかくまで来ると、キリンさんに会いました。

キリンさんはうやうやしくあいさつをして、わたしをシトロンの砂糖漬《づ》けの椅子に座らせてくれました。

動物たちがいたるところから駆けつけて来ます——サイさん、熊さん、カブト虫さん、それにリスさん、あなたも、忘れたかもしれないけれど、あなたもいました——そしてみんなが叫びました。「アリさん！　アリさん！」

わたしはみんなにおじぎをしました。

みんながわたしの足もとにケーキを置きます、

それとプディングも。

お日さまがわたしのために沈んでくれて、お月さまがかわって出て来て、そして蜜の雨が降りました。

わたしは演説をして、するとみんながびっくり仰天、ひっくり返ったのです——あなたもよ、リスさん——そしてひとり残らず駆けだして、もっとたくさんのケーキやプディングを探しに行きました、もっとたくさんの砂糖や、甘いクルミや、ゼリーや、クッキーもです。

みんなしてわたしのために、それで宮殿を建ててくれました。そして……

アリさんは次々と思い出します。何時間も書きつづけ、とうとう暗くなり、アリさんはおなかがすいてきました。ようやく、アリさんは最後の一行を書きます。

これはアリの回想録第一部です。

アリより

「ほんとのところ、これは本だわ」と、アリさんは思いました。「だから、世界中に」アリさんは、回想録を宙《ちゅう》へ放りあげます。風が、これをどうしてよいやらよくわからないまま、四方八方《しほうはっぽう》へ運びます。回想録は、はるか遠くへと落ちていきました。海へ、砂漠へ、北極の雪原《せつげん》へ、そしてお月さまや星たちに。

そのあいだに、アリさんは家の中へもどり、おでこにしわを寄せながら、最後の一粒の砂糖にかがみこみます。とても小さな粒なので、口に入れる気になりません。なんの味もしないのではないかと不安だからです。

「アリの身の上って、ほんと、とても矛盾《むじゅん》してる」と、アリさんは考えます。それが正しいかどうかは自信がありませんが、とてもしゃれた考えだと思いました。そして夢見《ゆめみ》心地《ごこち》に、窓の前で、椅子にのって後ろ足でバランスをとりました。

ある晩、遅くなってから、蛍《ほたる》君が蛾《が》君に手紙を書きました。まもなくまた会わなくてはならない、と、書きたかったのです。薄闇とあたりの暗がりに沈んだものをふたりで照らそうというわけです。

ところが蛍君が輝き始めて、自分の書いたものを読もうとすると、見えるのはこうです。

演滲樞卯秒徹庇耘　沿
艇摘沺楊樅榱蹄溥楡槌遺峩轤泥渣纏
釘鼎邸徹槌隠逖点迸被!?飲飲潯

摂匹疋挟○竹

「え、ぼくがこんなもの書いた?」と、蛍君はつぶやきます。自分で手紙を破りたいくらいです。

「真《ま》っ暗《くら》けの中で書くのはもうよそう」と、蛍君は思いました。ところが蛍君は、輝きだすと書くことができませんし、書いているときには輝くことができないのです。

「そして読むとなると、その反対になる」と、蛍君は悲しげにひとりごちました。蛍君は手紙の両側をつかんでいましたが、風がさっと手紙をうばうと、暗い森の中の遠くへ投げこんでしまいました。

蛍君がおりかえし手紙を受けとったのは、まだお日さまがのぼる前でした。

蛍君が輝きだして見てみると、それは蜜と松脂《まつやに》の匂いのする青い手紙です。

こうあります。

揣楊奴甜
漬揶柘諦＜＜＞＞蹄鄭妃柘嘸！

滲暗〃暗〃暗〃＆

心臓がどっきんどっきん打ちました。

蛍君はとことん考えこみ、すると突然、これは蛾君の手紙だとわかりました。明日の晩、お日さまが沈んでから、接骨木《にわとこ》のいちばん低い枝にやって来る、手みやげは黒蜜、ただし蛍君からも手みやげがあるならば、そして暗がりのことや、そこへ入りこむやり方や、ときどきそこを一直線に横切る光のことを話し合おうというわけです。

「そう書いてあるんだ」と、蛍君は思いました。そして熱っぽく輝きだします。

それから、お日さまが起きだすと、蛍君は眠ることにしました。

今晩、また蛾君に会いに行くぞ！

蛍君は茂みに身を隠し、心臓がどきどきするのを感じながら、うとうと寝入りました。

「いったいいつになったら、ぼくに便りが来るんだろう」と、スズメ君はひとりごちました。「誰もぼくのことなんか考えてくれない」

スズメ君は菩提樹《ぼだいじゅ》の下の草むらにいて、悲しげにチュンチュンさえずります。お天気のいい日でした。すると突然、スズメ君はあることを思いつきます。「文通講座を始めよう」と、思いついたのです。「そうだ、そうしよう」

スズメ君は羽をひろげると、森を飛び立ち、川の上空を行き、岸辺を行き、手紙を書きたいものたちみんなに、スズメ君のもとで講座を受けるように勧めました。

次の日、手紙を書きたくてたまらない動物たちが、森のまんなかの空地《あきち》にわんさと集まってきました。ひとつこぶラクダ君がいます。コガネムシ君、カワセミ君、色縞《いろしま》ヤツガシラちゃん、イグアナ君まで。

みんなそれぞれ、羽根ペンと白樺の木の皮を一枚ずつ受けとりました。

「さあ、始めよう」と、スズメ君は言って、生徒たちの前を右に左にちょんちょん跳《は》ねます。一同は、ぎゅうっと羽根ペンをにぎり、熱心に耳をかたむけます。

「みなさん、ぼくに手紙を書きましょう」と、スズメ君は言いました。「『スズメさんへ』とにかくそう書きます」

動物たちは前かがみになり、のったりもったりのへたな文字で書きます。「スズメさんへ」

スズメ君は、咳《せき》ばらいをして、つづけます。「次に、こう書きます。『お元気ですか？』」

みんなもつづけて書きます。「お元気ですか？」

「とっても気《き》の利《き》いたあいさつだから……」と、スズメ君は言います。「手紙には忘れずにこれを入れること。かならずね。そして次に、書いてください……」

スズメ君は、ふっと言葉をとぎらせ、考えます。「さあて」と、ひとりごちました。スズメ君は、羽の先っぽで耳の後ろを掻《か》きます。それから言いました。

「ケーキを作ってあげたいなあ。うん。そう書くんです。名文句《めいもんく》だからね。『ケーキを作ってあげたいなあ。』こういうたぐいの文句は使いすぎちゃだめですよ。さてそ

れから、次にこう。『あとで持って行く。』そう書いてください」

動物たちは書きます。「ケーキを作ってあげたいなあ。あとで持って行く。」

「そして次に自分の名前をちゃんと書きます」と、スズメ君は言いました。スズメ君は大満足で、右に左にちょんちょん跳ねます。

それからスズメ君は、ふっと動きをとめました。「いいですか」と、スズメ君は言います。「こういうことを手紙にかるがるしく書いてはいけません。だから、誰かにケーキを作ってあげると書くからには、実際にケーキを作らなくてはならない。あとで持って行くと書くからには、ほんとうに持って行かなければならないんです」

動物たちは、ほとほと感心しきって聞き入り、一生懸命になって、ぜんぶおぼえました。

スズメ君はまた、手紙は宙に放り投げなければならないことをおしえます。風がかならず、かならず無事に配達してくれるというのです。

動物たちはそれぞれ手紙を宙に放り投げ、スズメ君に感謝し、それぞれ家へ帰って行きました。

スズメ君は、お日さまのぽかぽかする中、ほんわかほんわか、ひらひらひらひら、菩提樹の下の家へもどります。「けっこうためになる講義だったな」と、スズメ君は思いました。

家へもどるやいなや、さっきの手紙がいっぺんに届きます。

わんさという手紙。スズメ君は、その山にうずもれてしまいました。

「ぼくの生徒たちからだ」と、スズメ君は大得意。

すこしたつと、今度は生徒たちが、次々とスズメ君の家へやって来ました。手紙に書いたケーキを持参しています。ひとりで食べるのには多すぎますから、スズメ君はみんなといっしょに食べます。

長い楽しい晩、夏の初めのことでした。

夜がふけると、もうひとかけらのケーキも残っていません。スズメ君は立ちあがり、砂場に大きな文字で記《しる》しました。

生徒さんたちへ

みなさん、ありがとう。

みなさんの先生、

スズメより

「御覧《ごらん》なさい」と、スズメ君は言います。「これはお礼状です」

動物たちは感心してうなずきます。みんなスズメ君にすっかり感謝して、家路につきました。

サイ君の誕生会で、熊君とアリさんが隣りあわせの席になりました。ふたりの前に、ケーキがあります。熊君は大きな身ぶりでそれを引きよせ、むしゃむしゃ食べ始めました。

ちょっとたってから、アリさんが言います。「あたしもちょっぴりいただける？」

熊君は、もう一口のみこむと、アリさんを見つめ、何か言おうとします。ところが熊君の口は、はちきれんばかりにいっぱい。熊君は紙切れをとって、書きました。

　ぼくの口は、はちきれんばかりにいっぱい。
　きみ、なんて言った？

アリさんは大きな声で言います。「あたしもちょっぴりいただける？」

熊君は、むしゃむしゃをやめずに、アリさんに書きます。

ぼくになんか聞きたいんなら、書いてよ。
ぱくぱくやってる顎《あご》の音で
聞こえないよ。
わからないんだ
あいにくぜんぜん。

アリさんは、紙を手にして書きます。

あたしもちょっぴりいただける？

熊君は、特大の一口をのみこむと、ちょっと考えて、こう書きます。

　何を？

アリさんは歯ぎしりして、返事を記します。

あたしもちょっぴりいただける
そのケーキ、えっ、もうおしまい？

熊君は、「むむむ、旨《うま》い」と言いながら最後の一切れに手をつけたところでしたが、口の中がからになると、サイ君に大声で聞きます。「ケーキみたいだけど、なんだったの、サイ君？」

「甘草《かんぞう》風《ふう》ケーキ」と、サイ君も大声で答えました。

「そうか」と、熊君。

それから向きなおって、驚いたとばかりに言いました。

「きみも食べたかったの？」

でも、アリさんはもう柳の枝のかげに引っこんでいて、真剣な表情で地べたに目をこらしています。
熊君はため息をつくと、のっそりと椅子に腰をおろし、椅子はギーッと軋みました。

ある朝、リス君はテーブルに向かい、アリさんに手紙を書きたくなりました。ところが書きたいことをどう書いてよいか、あまりよくわかりません。

こんにちは、アリさん

と、書きだします。でも、これを言いたいのではありません。
リス君は手紙を床にすてて、書きなおします。

アリさまへ

と、書きます。でも、やっぱりこれでもない。
新たな手紙の最初に、リス君はこう書きます。

やあ、こんにちは
また新たなのに、
アリさんへ！
それから、
アリさんへ……
さらに、
やあやあ、アリさん……

さらに、

拝啓、アリさん

敬具

さらに、

アリ様へ……

リス君はお昼までずっとつづけて、だんだんだんだん深くため息をつきます。「アリさんにぴったり似合う手紙の書きだしがあるはずなんだ」と、リス君は思います。それはぜったいあるはずなのに、どうにも見つからないのです。

リス君のまわりに、手紙が山積みになっています。

とうとう、リス君は立ちあがり、手紙の山をかきわけながら進んで行くと、玄関を開けました。家の前の大枝にのって、とっくり考えようとしたのです。

ところが一歩外に出たとたん、風がビューッと家の中へ吹きこんできて、小さな竜《たつ》巻《まき》をおこしながら手紙を残らずさらって行きました。

お天気のいい日でしたから、アリさんはちょうど家の玄関の前に出ていて、お日さまを浴びながら、物思いにふけっていました。

突然、アリさんは、リス君からの手紙にうずもれてしまいました。ほとんど首まで、手紙の下です。アリさんは、手紙の山からなんとか這いだして、手紙を読み始めます。

夜遅く、ようやくアリさんは月明りを頼りに、最後の一通を読み終えました。

アリさんは、すこしのあいだそのままじっと座って、薄暗がりにひろがる茂みを眺めます。

それからアリさんは、手紙が屋根のへりまで達するように、入念に手紙を積みかさねると、それを梯子《はしご》がわりに家へよじのぼり、手紙の山の上へ横になり、「アリさまへ」という書きだしの手紙を掛けぶとんにして、寝入りました。

お月さまが明るく輝き、アリさんが寝返りを打つと、手紙がかさかさ音をたてます。

アリさんは、眠りながら首をふりふりうなずいて、つぶやきました。

「アリさんって、ええ、あたしよ」

コオロギ君が、次のメモをしたためます。

出かけます。

これを玄関の戸にはりつけて出かけました。

ちょうどもどって来たとき、メモが遠くへ出かけて行くのを目にしました。

「妙ちきりんだなあ」と、コオロギ君は思いました。「ぼくは確かに外出してたけど」

メモがどこへ出かけて行ったのかはわかりません。

そこで、コオロギ君は書きました。

砂漠をひとめぐりしてきます。

するとコオロギ君は、砂漠のまんまんなかを散歩していました。

「妙ちきりんだなあ、まったく妙ちきりんだぞ!」と、コオロギ君はひとりごちます。

すこしたって家へ帰ると、コオロギ君はとっくり考えてから書きます。


ここに特大のケーキがある。


すると、コオロギ君の目の前に特大のケーキがあるではありませんか。

「へえ、ぼくの書くことがなんでも実現するとは!」と、コオロギ君はひとりごちます。そして口をぱくりと開けました。ところがコオロギ君がちょっぴり味わうより先に、そこを通りかかった誰か、熊君そっくりの誰かが、そのケーキをまるごとのみこんでしまったのです。

そこで、コオロギ君は書きました。

ぼく、コオロギだけが、
ケーキをぜんぶ食べる、
今、目の前にあるケーキをぜんぶ。

安全のために、コオロギ君は付け足しました。

ほかのひとはだめ。

ひとりっきりで、コオロギ君はいきなり目の前に現れたケーキを食べました。でも、それが楽しくありません。おまけに、ケーキはそれほどおいしくないのです。

「もう、これ以上、何もほしくないや」と、ケーキを食べ終えると、コオロギ君はひとりごちました。よく考えると、それまでコオロギ君はそういう考えをしたことがなかったのです。

コオロギ君は、真剣な様子で地べたを見つめ、思いました。「ぼくはもう歌うしかない」コオロギ君は、歌います。ところがその歌は調子っぱずれで、むしろ陰気なのです。

コオロギ君は、ちょっと考えてから書きました。

ぼくの歌はいつも
音程が正しく、陽気だぞ。

するとコオロギ君は、その日は一日中、音程正しく陽気に歌いました。ぜんぜん休まずに。

夜がふけると、コオロギ君は疲れきって、歌うというよりは泣いていました。それでもやはり歌っていることは歌っていて、歌声はずっと音程正しく陽気でした。

それからコオロギ君は、「手紙をしたためて玄関の戸にはりつけるのはやめる」と書きました。「手紙は危険だ」と、コオロギ君はひとりごちます。

コオロギ君は、手紙が次々と自分に襲《おそ》いかかってくる光景を思いうかべました。角《つの》をはやした手紙たち、棘《とげ》におおわれた手紙たち、鋭い歯をむきだしにした手紙たち。
不安になって、コオロギ君は家のすみっこに身を隠します。
「そうさ、思うだけにするぞ！」と、コオロギ君は叫びます。「ぜったい書くもんか！」

　すると、コオロギ君の頭の中から手紙が残らず消え失せて、コオロギ君はまたひとりっきりになりました。

　無言のまま、月明りの下、コオロギ君はケーキを作ります。小さいけれど、すてきなケーキ、それをコオロギ君はゆっくりせっせと食べました。

「いい考えだろ？」と、象君がひとりごちます。「ここにメモを置いて、ぼくが高いところから読めるようにすれば、なんにも起こらないさ」

象君は、両の前足をすりあわせて、大きな文字で書きました。

落っこちるんじゃない

マロニエの木の下にこのメモを置くと、象君は、えっちらえっちらのぼり始めます。ところが、木の葉にまぎれながら象君が木登りの半分まで来たとき、そこを通りかかったコオロギ君が、ふっと足をとめ、その手紙を読みました。

「あッ！」と、コオロギ君。「やっとあったぞ！」ずいぶん前から、コオロギ君は《じゃない》という言葉をさがしていたのです。《どこにも》や《誰も》や《ぜんぜん》や《ひとつも》は、もう見つけていました。でも、《じゃない》はまだだったのです。

コオロギ君は、鞘翅《さやばね》をすりあわせ、あたりを見まわし、誰もいないのを確かめてから、紙に書かれた《じゃない》を引きちぎりました。

コオロギ君は、この言葉を玄関の表札《ひょうさつ》の自分の名前のあとに付けたくてたまらないのです。そうすれば、こうなります。

コオロギじゃない

家の中で、コオロギ君は思いっきり声はりあげて歌いながら、外を通るものたちを壁の穴からのぞくことができます。「コオロギじゃない？」と、みんなが言うでしょう。「コオロギじゃない?!　ならいったい誰が歌ってる？」きっと戸をたたいて叫ぶでしょう。「誰が歌ってるんだい？」コオロギ君は何も答えず、戸も開けず、いっそう美声をはりあげるわけです。みんな、おったまげることでしょう。びっくり仰天させること、それがコオロギ君は大好きです。みんな眉間《みけん》にしわをよせて、あとずさりしながらびっくり仰天。

愉快になって、コオロギ君は《じゃない》を羽の下にかかえ、家へ帰りました。

一方の象君は、えっちらえっちらのぼり終え、マロニエの木のてっぺんにたどり着き、ふうふうはあはあ息を切らせていましたが、そのとき危うく落っこちそうになって、さっきのメモを思い出します。「あッ、そうだ」と、象君は思いました。「ちゃんと書いておいたから……」象君は下を眺めて、読もうとします。

「なんにゃあ？」と、象君は驚いて叫びました。象君はさっきのメモを三度も読んだのです。「だってまさか、そんなはずが……?!」

象君はぐらりぐらり。

「すると、そうなのかも」と、象君は観念してひとりごちます。そして象君は、マロニエの木のてっぺんから落っこちると、どっすーんとばかり、地べたにぺちゃんこになりました。

すこしたってから、リス君が象君を見つけます。メモをわき腹にかかえています。そうっとそうっと、リス君はでこぼこへこんだ象君の鼻をもとのようにしてやります。

象君は目を開けて、うめきました。「ぼく、何がなんだかわからないよ、リス君」
「むりもないや」と、リス君は言い、象君と並んで草むらに座りました。

象君が、リス君の家を訪れていました。

冬の初めのことです。

ランプにぶら下がってしばらくぐらりぐらりやっては、落っこちて、起きあがるのを幾度もくり返してから、ようやく象君は、まだ半分だけ無事なテーブルに腰かけて、柳茶《やなぎちゃ》を飲んでいました。リス君は椅子の脚にちょこんと座り、ブナの甘い実をなめています。

おたがい長いこと、ぜんぜん口をききません。

「気分害してないよね？」と、ようやく象君が聞きます。

リス君は、うん、と、うなずきます。

象君の顔が、にわかに曇りました。

「ぼく、行かなくちゃ」と、象君。

「うん」と、リス君。

ちょっと沈黙がありました。

「また落っこちるのが怖いや」と、象君。

リス君は、ひとことも言いません。リス君のおぼえているかぎり、象君はいつもかならず、落っこちながら帰るのです。

「もう落っこちるのいやだよう！」と、象君は叫びます。そして右前足で、象君はテーブルの半分も茶碗も、まっぷたつに割ってしまいました。

象君は床に座りこみ、深刻な様子です。

「ぼく、かならず落っこちるんだ。かならずだもん！」と、象君。

リス君は、象君をなんとか助けたくなり、とっくり考えました。

「じゃ、ぼくが送ってあげようか？」と、リス君は考えてから言いました。

「送ってくれるって？」

「手紙みたいに」

「手紙みたいに？」と、象君はおうむ返しに聞きます。

でもリス君は、もう羽根ペンをつかんでいて、象君のおなかに黒々とした文字で書いていました。

象君へ
　元気ですか？

リス君は、ふっと、書くのをやめます。

「こんなの意味ないや」と、リス君は思ったのです。「元気なのはわかってるもん」

そこでリス君は「元気ですか？」をこそげ落としました。

「痛ッ」と、象君。

「行ってらっしゃい」と、リス君はほっそりした文字で書きます。「これだけでいいな」と、リス君は考えます。リス君は手紙の末尾、象君のおへそのすぐそばに、ほっそりと自分の名前を書きました。

象君は、自分のおなかになんと書いてあるのか読もうとしましたが、リス君は玄関を開けて、象君を押し出します。

「ふぇッ！」と、象君は大声をあげました。

でも、風がもう象君をしっかとつかまえていて、遠くへと運んで行きます。

「さよならあ、象君」と、リス君が叫びます。「じゃ、またね！」

「さよならあ、リス君」と、象君が叫びます。「うん、またね！」

風が象君をふわっと宙へ放りあげ、森のむこうの、川のむこうの、象君の家へ運んで行きます。

　象君は、夜遅く、家へ着きました。


　真夜中、リス君がまだせっせと椅子やテーブルを修繕《しゅうぜん》していると、風に吹かれてリス君の家の扉の下へ短い便りが舞いこみました。

　　リス君へ
　風さんのおかげで無事に家へもどりました。
　どうもありがとう。

ぼくはしわくちゃになっていません。

きみの友の手紙より

幸せな気持で、リス君はまもなく寝入りました。くずれかけたベッドで、すやすやすやすやすや。

地の果て、薄暗くて凍《い》てつく寒さの中、ペンギン君が住んでいました。

ペンギン君はその地で沈黙《ちんもく》と孤《こ》独《どく》と倦怠《けんたい》の日々を送っていました。

ある日、最後の手段として、ペンギン君は誕生会を開こうと決心します。

世界中のみんなを招待するのです。凍った海からたくさんの氷のかけらを切り取って、氷をおおっている雪の上に書きました。

動物の皆さんへ
明日、誕生会をします。みんなで来ませんか？
ペンギン

ペンギン君がその手紙をつぎつぎ放りあげると、ヒューヒューとどろく風がそれを運んで行きます。

ところが地球のまんなかあたりへ来たとき、手紙はぜんぶ溶けてしまい、海原《うなばら》にちらばってしまいました。

翌日、誰ひとりやって来ません。ただ、白熊君だけは、ちょっと立ちよってくれました。白熊君は急いでいて、氷柱《つらら》を一本、贈りものに持って来たのです。

「ありがとう」と、ペンギン君は言いました。「これをどうしようかな？」と、ペンギン君は考えます。ペンギン君の家には、氷柱がもう余るほどあるからです。白熊君は甘氷《あまごおり》をすこし食べて、ぶつぶつ味もそっけもないおしゃべりをして、それから帰ります。

「来てくれてありがとう！」と、ペンギン君は白熊君に大きな声で言いました。でも、白熊君はふり返りません。

風がビュンビュン吠《ほ》えて、ペンギン君は、誰もいない氷原がまわりにひろがるのを、悲しげに見つめるばかりです。

夕暮れになるころ、ペンギン君はあらためて手紙を書きます。

動物さんたちへ
きみたち、どこにいるの？　誕生会は
夜になるまでつづきます。急いで来て！

ペンギンより

またまた嵐が手紙を運んで行き、またまたこの手紙もぜんぶ溶けてしまい、文字の消えた水滴となって、海原にちらばってしまいました。

日が落ちて、ペンギン君は、雪降る中、玄関の前に立っています。涙が両頬《りょうほほ》をつたって流れ、ぽろぽろ落っこちては、凍てつく足もとではね返ります。

「ぼくのこと、嫌いなんじゃないだろう？」と、ペンギン君は、せいいっぱい力をこめて叫びました。

でも、風の吠える声はもっと力強く、ペンギン君の言葉は夜の闇の中に消えました。

ある朝、理由もなしに、リス君はブナの実と蜂蜜のケーキを作りました。ケーキの上に、リス君は溶かし砂糖の文字で書きます。

アリさんへ
どうしてる？

リスより

「うーん」と、リス君はひとりごちます。「ほんの小さな贈りものだけど」リス君は肩をすくめますが、この小さなケーキを作って大得意です。「それに」と、リス君は思いました。「きっと、びっくりするぞ」というのも、今日はアリさんの誕生日ではありませんし、リス君の知るかぎり、ほかにお祝いすることはないはずです。「だから思いがけない贈りものになる」と、リス君は思いました。

ケーキができあがると、リス君は玄関の前の木の枝によじのぼり、ケーキをぽーんと宙へ放りあげました。「これはちゃんとした手紙だからね！」と、リス君は、風に聞こえるように、大きな声で叫びます。「びっくりの手紙。アリさん宛て」

風がふわっと吹いて、熱あつの、いい匂いのケーキの手紙を運んで行きました。

リス君のもとへ、夕暮れに返事が届きます。クリームと蒸し煮マロンのこってりした手紙で、柏の蜜で文字が書かれています。

リスさんへ

とっても元気よ。あなたは？

アリより

リス君は、手紙をテーブルの上へのせて、向きあいました。「ぼくもさ」と、リス君はひとりごちます。「とっても元気、すっごく元気」リス君は首をふりふり、それからゆっくりと、一文字一文字、ケーキを食べます。

「うまかったあ」と、リス君は、手紙を食べ終えて、ひとりごちました。そして満足した様子で、鼻のあたまにぶら下がっていた疑問符「？」をぬぐいました。

象君は、自分でこしらえた筏《いかだ》に乗って、ゆっくりゆっくり、海に向かって漕《こ》ぎだしました。コイやカワカマスやマスが、泳いであとをついて来ます。

誰もかれもが知っています。象君は、海へ出るのです。大海原《おおうなばら》のまんまんなかで、マストのない筏に住みつくことにしたのです。

「これしか方法がないんだもん」と、象君はみんなに言い、みんながみんな、納得しました。よじのぼっては落っこちるのをくり返さないためには、この方法しかありません。

「大丈夫だよね、海にはほんとに何もないんだろう？」と、象君は、海のことを知っている動物たちに確かめました。

「うん、ぜんぜん何もない」と、その動物たちは答えます。

「木が一本もなしだよ？　偶然ひょっこり現れるなんて木もなしだよ？」

「ないってば」

象君は、ひとつ大きくため息をついて、両頬の大粒の涙を鼻の先でぬぐいました。

象君の連れは、一箱の甘い樹皮《じゅひ》です。ツグミ君が、ひまつぶしになるようにと、口笛の吹き方を象君におしえました。

川岸には、見送りのものたちが黒山になっていました。「さよならあ！」と、みんなが叫びます。みんなが声をはりあげ、手をふったり、たがいに肩にのっかったりしています。

「さよならあ」と、象君は、みんなにお別れのあいさつをしました。

カモメさんが、象君のあとを追って空高く舞い、カエルちゃんがそれに追いつこうと、水の中でぴょんぴょん跳ねました。

「さいごのさよならあ」と、カエルちゃんのケロケロ声。

「さようならあ、カエルちゃーん」と、象君。

リス君は家の屋根にのぼって、象君がさいごにもう一度見てくれるようにと、頭上でランプをゆらします。

ランプが、陽を受けて輝きました。

「象くぅーん！」と、リス君は叫びます。「象くぅーん！」

象君は顔をあげて、ランプに気づきます。

「さよならあ、リスくぅーん！」と、象君は叫びます。そして象君はリス君の家の屋根の上で何度も何度もぐらりぐらりやったのを思い出しながら、声をつまらせます。

象君は、夜がふけてから海へ着き、ゆっくりと沖へ漕ぎだしました。

動物たちには、もう、象君からの消息はありません。象君のことを忘れてしまったり、象君なんてもともといなかったと言いだすものもいます。象君のことが懐かしくて、毎日毎日、象君を思い出すものもいます。

それからしばらくして、リス君の誕生日の朝、リス君のもとへ手紙が届きました。

リス君へ
誕生日おめでとう！
まだあのブナの木の上
いちばんてっぺんに住んでるの？

それから、あのランプ、まだある？

象より（海にて）

その晩、リス君が誕生会をしているとき、何よりも誰よりも象君のいないのが、リス君にはさびしくてたまりません。一瞬、ほんの一瞬、リス君は象君の姿が見えた気がしました。ずっと遠く、森のかなた、夜空の星にまじって、手をふりふり合図しながら、「ここだよう！」と叫んで、今にも落っこちそう。でも、そんなことはありっこない。リス君はわかっています。リス君は、ため息をつき、咳ばらいをして、誕生会をつづけました。

大晦日《おおみそか》です。森は暗くて凍てつくように寒く、動物たちは、お日さまに手紙を書きました。

動物たちは、どんなことを書こうかととっくり考えて、知っている言葉の中でもいちばん上品な言葉をさがしました。

「お願いです」と、アリさんが言います。「どうぞお願いします」

動物たちは、ほとんどみんな、手紙の末尾に名前を記しました。ただ、亀さん、ミミズ君、蛾君、コウモリちゃんだけは、反対意見で、反対のことを書きたがりました。ぜんぶで、とてもたくさんの名前になったので、動物たちはその手紙を宙へ放りあげ、すると凍てつく風が、空低くその手紙を運んで行きます。

動物たちは、みんないっしょになって、がくがくふるえながら返事を待ちます。触角にはあはあ息を吹きかけたり、翅《はね》にくるまったりしていました。

夕暮れになるころ、突然、雲間に小さな穴が現れました。お日さまの光が地べたを照らし、一通の手紙が舞い下りてきます。動物たちは、みな、目をまんまるくしました。

手紙が地べたでぺしゃんこになり、アリさんが進み出て、それを開きます。

動物たちは、たがいに肩を寄せ合っていました。カタツムリ君もいれば、カバさんもクモさんも、それにハリネズミ君まで、みんな肩を寄せ合って、そうして読みました。

動物さんたちへ

了解。ではのちほど。

太陽より

それからみんな、ほっと安堵《あんど》のため息をついて、よかったよかったと、たがいにうなずきあい、翅や鰓《えら》や触角や前足で握手をしあい、たがいに幸福を祈りあい、それぞれの家へ帰りました。

その夜、動物たちは、ほとんどみんな、ベッドの前で踊りながら、こう歌っていました。「でーは、のちほど、でーは、のちほど……」それから厚いふとんにもぐりこんで、すやすや寝入りました。

リスからアリへの手紙

2020年3月20日　初版印刷
2020年3月30日　初版発行

著　　者　トーン・テレヘン
訳　　者　柳瀬尚紀
イラスト　Naffy
装　　丁　名久井直子
発 行 者　小野寺優
発 行 所　株式会社河出書房新社
〒151-0051　東京都渋谷区千駄ヶ谷2-32-2
電話（03）3404-1201〔営業〕（03）3404-8611〔編集〕
http://www.kawade.co.jp/

印刷　株式会社亨有堂印刷所
製本　小泉製本株式会社

Printed in Japan
ISBN978-4-309-20793-3